从心所欲不逾矩

许渊冲

2021年4月（100岁）

许渊冲汉译经典全集

莎士比亚

The Tempest

风暴

许渊冲 译

商务印书馆
创于1897 The Commercial Press

图书在版编目（CIP）数据

风暴 /（英）威廉 · 莎士比亚著；许渊冲译 . —北京: 商务印书馆，2021
（许渊冲汉译经典全集）
ISBN 978-7-100-19415-0

Ⅰ. ①风…　Ⅱ. ①威… ②许…　Ⅲ. ①多幕剧—剧本—英国—中世纪　Ⅳ. ① I561.33

中国版本图书馆 CIP 数据核字（2021）第 022309 号

许渊冲汉译经典全集
风暴
〔英〕威廉 · 莎士比亚　著
许渊冲　译

商　务　印　书　馆　出　版
（北京王府井大街 36 号　邮政编码 100710）
商　务　印　书　馆　发　行
南京爱德印刷有限公司印刷
ISBN 978 - 7 - 100 - 19415 - 0

2021 年 3 月第 1 版　　开本 765 × 965　1/32
2021 年 3 月第 1 次印刷　　印张 3 5/8

定价：52.00 元

目 录

第一幕……………………………………………… 1

第二幕………………………………………………30

第三幕………………………………………………56

第四幕………………………………………………76

第五幕………………………………………………89

译后记……………………………………………… 106

剧中人物

普罗贝　原米兰公爵

蜜兰达　普罗贝之女

亚龙佐　那不勒斯国王

塞巴新　亚龙佐之弟

安东略　普罗贝之弟，篡公爵之位

费丁南　那不勒斯王子

龚查罗　忠臣

亚利安　大臣

方西科　大臣

灵酒罗　弄臣

特法罗　厨师

船长

舵手

众水手

卡力班　野人

爱丽儿　精灵

伊丽丝　普罗贝的精灵

塞里斯　同上

珠萝　同上

众仙女　同上

农家女　同上

克拉丽公主

西苛娜女巫

布景

荒岛

第一幕

第一场

海中船上

（雷电交加的暴风雨中，船长和舵手上。）

船　长　一把手！

舵　手　来了，船长，有什么话？

船　长　老兄，要大伙儿抓紧，要加把劲！干吧，干吧！

（众水手上。）

舵　手　嘿，好心人，拿出劲头来，拿出劲头来，我的好心人，赶快，赶快！把中桅杆的帆篷放下来！听船长的哨子。——（对风暴说）吹吧，吹爆了肚皮又怎样？你有多大的肚子？

（亚龙佐、塞巴新、安东略、费丁南、龚查

罗等上。）

亚龙佐　好水手，小心点。船长呢？拿出人样来！

舵　手　请你们回到船舱里去吧。

安东略　船长呢，掌舵的？

舵　手　你没有听见他说的话吗？你要妨碍我们干活了。到舱里去吧。你们这是在帮暴风雨的忙啊。

龚查罗　不对，好水手，不要着急！

舵　手　那也要风浪不急呀！快走吧！这风暴可不听国王的话呢。到舱里去，不要多说，不要再麻烦我们了。

龚查罗　那好，不过要记住船上有大人物啊。

舵　手　大人物的命也不比自己的命更重要，你是个大官，你管得住狂风不怒吼吗？你能叫海洋平静吗？那我们就用不着缆绳了。显显你大官的本领吧！要是你管不了，那就谢天谢地，你能活到这把年纪，赶快回舱里去吧，万一出了事，你要去也来不及了。——（对众水手）好心人，快快活活地干吧！——（对大臣）请你们不要碍事了。

（舵手及众水手，亚龙佐、塞巴新、安东略、费丁南下。）

龚查罗　这家伙的话倒也有道理。我看他脸上没有会在水里淹死的迹象，那就让他在绞刑架上吊死吧。命运之神啊，把吊死他的绞索做成保我们安全的救生缆绳。他若不是吊死而是淹死，那我们的命也就惨了。（下。）

（舵手重上。）

舵　手　把帆篷放低些，快点，放低些，还要低些，尽量使船不要随风漂流。

（幕内喊声。）

该死，喊得这么厉害！比风暴还更响，比我们干活还更卖力呢。

（塞巴新、安东略及龚查罗上。）

你们又来干什么？要不要我们放手不干，等水来淹死？你们是不是有意要船沉到海里去？

塞巴新　你这胡说八道、喉咙生疮的死狗！

舵　手　那你们就来干活。

安东略　吊死鬼，吊死这婊子养的，目中无人、出口伤人的狗杂种。我们可不像你那样怕淹死。

龚查罗　我敢保险你不会淹死，哪怕船壳不如果壳结实，船漏水比婊子漏的脏水还多，你也不用害怕。

舵　手　把前桅杆和中桅杆的帆篷都放低些，让风把船吹向海上，不要搁浅！

（全身水淋淋的水手们上。）

水　手　完蛋了，求上帝保佑，求老天保佑我们吧！完蛋了。

舵　手　怎么？求天求神都没有用！

龚查罗　王公大臣都在求天保佑，我们也只能和他们一样求天求神了。

塞巴新　我简直忍无可忍了。

安东略　我们被这些血盆大口的醉鬼害得要丢性命了，这个血口吃人的家伙该在海里淹死十回也不算多。

龚查罗　即使每滴海水都张开血盆大口要把他吞下去，也该再把他绞死一回，才能出我这口心头的恶气。

（舵手及水手们下。）

（幕后混乱喊声。）

喊　声　救命啊！船要裂了，船要沉了！——别了，妻子儿女！——别了，兄弟！——船要沉了，沉了，沉了！

安东略　那就陪国王殉难吧！

塞巴新　去向国王告别吧！

（安东略与塞巴新下。）

龚查罗　如果能把千顷海洋换成一亩荒地，哪怕荆棘丛生，杂草遍野，我也心甘情愿。但是老天不肯让我死在陆地上，那也只有听天由命了。（下。）

第 一 幕

第二场

普罗贝所住的海岛

（普罗贝同蜜兰达上。）

蜜兰达　亲爱的爸爸，你的法力使得海水发怒发狂，请你要大海平静一点吧！天上似乎落下了漆黑的柏油，海水几乎涨到了天边，要扑灭天上的火焰。我害怕，就像大船上的人一样——船上一定有不少的好人——他们害怕船要遇难，撞得粉身碎骨。他们的喊声撕裂了我的心，可怜的好人！他们要死在海上了！要是我有神力，我真想把大海沉到陆地下面去，免得海水吞下好船和船上的好人。

普罗贝　放心吧，不要担惊受怕。告诉你的好心：不会出什么坏事的。

蜜兰达　啊，糟糕的日子！

普罗贝　不要紧，其实，我做的事都是为了你——为了你，我最亲爱的，你，我的女儿——其实，你并不知道你是什么人，也不知道我是从哪里来的，更不知道我不只是普罗贝这个可怜的洞中人，不只是一个住在岩洞里的老头子。

蜜兰达　我也从来没有想到过要知道更多的事情。

普罗贝　我现在要告诉你更多的事情了。伸手过来，给我把法衣脱了。（*把法衣放好。*）我的法力，你也该休息休息了。我的女儿，擦干你的眼泪。放心吧，可怕的沉船景象打动了你的同情心。不过不要害怕，我的法力留了余地，不会让一个人——甚至不会让人丢掉一根头发——虽然你看见船要下沉，听见他们痛哭求救，但不要紧。你坐下来吧，我要对你说个清楚明白。

蜜兰达　你老是开始说要告诉我，说我是什么人，忽然又停下来不讲了，不管我怎样着急追问，你总是推托说等等再讲吧，时机还不到呢。

普罗贝　现在时机到了。就是现在这个时候，张开你的耳朵听吧。你还记得我们怎么到这个岩洞里来的吗？恐怕不记得了吧？那时你还不到三岁呢。

蜜兰达　爸爸，偏偏我记得哩。

普罗贝　你记得什么房子，什么人，或者是什么东西使你记起来的？

蜜兰达　那是很久以前了，但是想起来像个梦，不像是事实。是不是有过四五个用人照料我？

普罗贝　有过，还不止四五个。但你是怎么记住的？在这过去黑暗的深渊里，你还看见了什么？假如你记得来这里之前的事，那就可能记起你是怎么来的了。

蜜兰达　那我却不记得。

普罗贝　十二年前，蜜兰达，十二年前，你的父亲还是米兰的公爵，一个有权力有作为的大人物呢。

蜜兰达　爸爸，难道你不是我的父亲吗？

普罗贝　你的母亲是个说一不二的好女人，她说你是我的女儿，她说你的父亲是米兰公爵，而你是他唯一的继承人，那你就是名副其实的公爵小姐了。

蜜兰达　啊，天呀，这开的是什么玩笑呢！我们是从米兰公国来的吗？我们原来是走运的人吗？

普罗贝　我的好女儿，我们原来是的，但是坏人用阴谋诡计——就像你说的那样——剥夺了我们的权利。

蜜兰达　想到我给你带来的苦难，我的心都要流血了。这真是难忘的痛苦。请你讲下去吧。

普罗贝　我的弟弟，也就是你的叔叔安东略。——你听我讲，亲兄弟居然这样存心不良——他是除你之外，我在世上最亲的人，我把管理公国的大事都交托给他了。那时，米兰在所有的公国中是名列前茅的，而普罗贝又是在所有的公爵中声望最高的。我在文化方面无人可比，所以我就全神贯注，而把政务交给弟弟掌管，自己成了国事的局外人，专心一志投入到我神圣的高深研究之中，而你这个假冒伪善的叔叔——你有没有听我讲什么呀？

蜜兰达　爸爸，我正在全神贯注地听呢。

普罗贝　你叔父学会了怎样批准申请，怎样不准，谁该提升，谁是越权；他用新人取代了我的下属，或者改变他们的职务，任命他们做新工作；他掌管了官员的职责，使国内的民心都投其所好，说他爱听的话，结果他成了掩盖我这棵大树躯干的藤蔓，把我的满园春色抹杀得一干二净。——你听得懂吗？

蜜兰达　啊，好爸爸，我懂。

普罗贝　我要你听：我就是这样忽视了国家事务，一心一意完善我的心灵，如果不这样专心一志，不管外事，那是很难学到法力，也难得到人心的。但是这却在我那假冒伪善的弟弟身上唤醒了罪恶的意图，使我对他的信任和好心反而得到恶报，他的罪恶和我的好意简直不相上下。他就这样取代了我的职位，不但掠夺了我的收入，还使我失去了我的权利；就像一个时常说谎的人会把自己梦中说的谎话也当成真话一样，他的确相信代公爵成了真公爵，可以冠冕堂皇地执行公爵的特权，他就是这样野心勃勃，越来越大的。——你听得懂吗？

蜜兰达　爸爸，你的故事讲得连聋子都听得懂。

普罗贝　为了夺取权位没有阻力，他就必须成为米兰独一无二的公爵。于是我就倒霉了。——我的书房成了我可以行使职权的公国。他渴望得到全权，就和那不勒斯国王私下勾结，每年给他献金纳贡，使公爵的冠冕臣服于那不勒斯的王冠，使从未屈尊的米兰降格——唉，倒霉的米兰！——居然落到这个地步！

蜜兰达　啊，天哪！

普罗贝　你看，他居然会答应这种条件，做出这种事来。这还说得上有兄弟的情分吗？

蜜兰达　那我真要犯罪，真要怀疑我高贵的祖母怎么会生出这样的孽子来了。

普罗贝　你听听我来给你讲讲那时的情况。那不勒斯国王长期以来一直把我当作敌人，他听从我弟弟的请求，答应接受他的进贡纳款。我也不知道我弟弟花了多少钱，国王就立刻剥夺了我的权利，要把我驱逐出米兰，并且把我的职权全部移交给我的弟弟，还组织了一支乌合之众的队伍，在半夜三更时分，由安东略打开城门，在一片黑暗之中，把我和大臣驱逐出境，于是我和哭哭啼啼的你就这样离开了米兰。

蜜兰达　哎呀，真倒霉！我一点也不记得那时是怎样又哭又叫的，一谈起来都要哭瞎眼睛了。

普罗贝　听我再说一点。就要说到现在的情况了。要不说个清楚，听起来就不合乎情理了。

蜜兰达　为什么他们不在那个时候就把我们消灭得干干净净呢？

普罗贝　问得好，好女儿，谁听了我讲的往事，都会提出这样的问题。亲爱的，他们不敢。老百姓拥护我，他们不能用血腥的手段来污染这种大是大非的事情，而只能用外强中干的词句来掩饰这不可明言的罪行。因此，他们赶快把我们送上了一条货船，开到离岸几海里的地方，在那里换上一条破船，没有桅杆，没有缆索，没有帆篷，船上连老鼠都待不住，他们却把我们塞在舱里，向怒吼的大海求饶，向狂风发出悲叹，连风暴都不忍加害于我们啊！

蜜兰达　哎呀，那时，我对你是多大的负担呀！

普罗贝　啊，不对，你对我是个小天使，是救命的小恩人。你会对我微笑，那是上天送来的强心剂。当我们的泪水增加了大海的苦水，使我们的唉声叹气变成了狂风的附庸，但海风却增强了我的胃口，使我能够抵抗不管什么样的风险了。

蜜兰达　我们是怎么上岸的呢？

普罗贝　老天保佑，我们还有吃的东西、喝的淡水，那是高尚的龚查罗——这个那不勒斯的好人为我们提供的，他本是奉命来监管我们流放的人——却给我们带来了衣物等必需品。更重要的是，他从我的图书室里带来了我看得比国事还更重要的书籍。

蜜兰达　但愿我能见到这个人。

普罗贝　现在我要站起来了。（起身穿上法衣。）你还是坐下听我讲完我们在海上的灾难吧。我们到了这个荒岛，就是在这里我成了你的老师，使你学到的东西比王公大臣能教的还多得多，他们虽然有更多的时间和教师，但是教师却不仔细认真。

蜜兰达　老天都要感谢你了。现在，爸爸，请你告诉我：你为什么要掀起这场吓得我心惊肉跳的大风暴呢？

普罗贝　这你就会知道的。说来也怪，宽大为怀的命运女神——现在成了我的保护神——把我的敌人送到岛上来了。我的法力使我有先见之明：我的吉星高照，不能错过，如果错过，就会发生更多的问题。怎么！你听得要打瞌睡了？是我讲得太没趣味，那你就睡吧，你也是身不由己啊。（蜜兰达睡。）——来吧，我的精灵，我已经准备好了。来吧，我的爱丽儿！

（爱丽儿上。）

爱丽儿　你好，令人尊敬的大师，我遵命来到。有什么吩咐：哪怕是飞上天空，或是下到海底，或是冲入烈火，或者骑上千里白云，我都会尽力去完成。

普罗贝　精灵，你完成了我要你布置的风暴吗？

爱丽儿　我已经登上了国王的大船，无论船头、船身、船尾，每个船舱我都吐出了惊人的火焰。我时分时合，发出了雷鸣电闪，是人闻所未闻、见所未见的场面，使海神的惊涛骇浪对大船发动了令人胆战心惊、魂飞魄散的风暴。

普罗贝　好一个精灵，既精明，又灵敏，能够乱中见静，又能理中见情。

爱丽儿　他们没有一个人不发烧，不发疯，不流露出悲观绝望的。除了水手以外，没有一个人不离开大船，跳下汹涌的波涛，然后和我一样浑身是火；费丁南王子头发竖起，乱得像芦苇一样——他第一个跳起来，高声大喊：地狱空了，魔鬼都到这里来了！

普罗贝　这正是我需要的。不是在岸边发生的吗？

爱丽儿　就在岸边，我的主子。

普罗贝　但是，爱丽儿，他们安全吗？

爱丽儿　他们头发也没有丢一根，衣服也没有破一块，看起来比原来还更耀眼。正如你要求的那样，我把他们赶到荒岛的四面八方，让王子一个人孤零零地在寒冷中双手打结，发抖叹息。

普罗贝　船上的水手是怎样安排的？还有其他的船呢？

爱丽儿　国王的大船安全到港了，就是你要我半夜去百慕大那个风暴大本营采集露水的地方。水手们都在甲板下安息。其他船上的人员先分后合，从地中海回到那不勒斯去了。他们误以为大船遇险的时候，国王也已经殉难了。

普罗贝　爱丽儿，你的任务完成得很好，但是还有一件事要你去做。现在是什么时候了？

爱丽儿　刚过中午。

普罗贝　至少是两点钟了，离六点钟还有很宝贵的时光，我们两个应该好好度过。

爱丽儿　还有别的事情要我做吗？你已经要我费心尽力了。我得提醒一声，主子，你答应过我的事还没有兑现呢。

普罗贝　怎么啦？不高兴了？你还有什么可以要求的吗？

爱丽儿　我的自由。

普罗贝　时间还不到呢。不要多说了。

爱丽儿　我只请你不要忘记：我已经为你做了这么多好事，没有说过一句谎话，没有犯过一个错误，做什么事都没有怨言。你答应过我：提前一年给我自由。

普罗贝　你忘记了我是怎样把你从痛苦中解救出来的吗？

爱丽儿　没有。

普罗贝　你忘记了。你以为脚踏海底的污泥浊水，面对锋利如刀的北风，在地面霜冻的地下水道里为我奔走，那就是报答了我的恩情吗？

爱丽儿　我可不是那样想的。

普罗贝　你说谎了，不要心怀不满。难道你忘记了西苛娜那个弯腰驼背的老女巫吗？

爱丽儿　没有。

普罗贝　你忘记了，她是在哪里生长的？你说得出来吗？那就说吧。

爱丽儿　主子，是在阿尔及尔。

普罗贝　啊，是吗？我不得不一个月对你说一次你忘了的事：这个该死的老女巫作恶多端，巫术害人不浅，简直骇人听闻，被阿尔及尔赶了出来，这是你知道的。只是为了一件小事，他们没有要她的命。难道不是这样的吗？

爱丽儿　是这样的，主子。

普罗贝　这个蓝眼睛的老妖婆带着一个儿子被水手抛弃在这个荒岛上。这你知道，你那时是她的女奴，而我是你的救命恩人。你是一个纤弱的女子，干不了老巫婆要你干的重活，她在一怒之下，用妖术把你塞进了一棵松树的裂缝，你就在那里痛苦地过了一十二年。一直等到她死，你还关在里面发出痛苦的呻吟，就像水车击水的声音一样。那时这岛上荒凉无人，只有老妖婆留下的一个她亲生的怪物。

爱丽儿　那是她的儿子卡力班。

普罗贝　这个卡力班，我看真是一个蠢材，不过我现在还得用他。你记得我在多么困难的时刻，听到了你在狼嚎声中的痛苦呻吟，就运用我的法术使松树开裂，把你救了出来。

爱丽儿　这使我感激不尽，主子。

普罗贝　如果你还有怨言，那我就要使松树开裂，把你再吞入它节疤如鳞的躯干中去，再关上一二十个冬天。

爱丽儿 不敢了，主子。我情愿唯命是听，老老实实地执行你的指示。

普罗贝 那好，再过两天，我就让你恢复自由。

爱丽儿 你真是我的好主子。我该做什么呢？说吧，我该做什么呢？

普罗贝 快去化成一个海上仙子，除了你我之外，对别人都是无影无踪的。快去化仙子吧！（爱丽儿下。）——

（对蜜兰达）醒来吧，我的宝贝，醒来吧，你已经睡够了。

蜜兰达 稀奇古怪的故事压得我的眼皮都睁不开了。

普罗贝 那就摇摇头把它忘掉吧。来，我们去看看卡力班这懒骨头，他的狗嘴里是吐不出象牙来的。

蜜兰达 他不是个好人，爸爸。我不喜欢看到他。

普罗贝 但他是我们的用人，我们不能没有他。他给我们劈柴生火，做的事对我们有好处。——（对卡力班）喂，来吧，懒骨头，卡力班，土头土脑的笨蛋！怎么不说话呀？

卡力班　（在幕后。）屋子里的木柴够用的了。

普罗贝　快来吧，我叫你呢！还有别的事要做呀。你又不是乌龟，怎么这样慢腾腾的？要磨蹭多久呀？

（爱丽儿化装成海上仙子上。）

你看起来真成了个天人了，爱丽儿，我对你说句私话。（对爱丽儿耳语。）

爱丽儿　我的主子，一切都会照办。（下。）

普罗贝　你这个懒骨头，是不是魔鬼和你坏心眼的亲娘珠联璧合才生下了你这个孽种？快点来吧！

（卡力班上。）

卡力班　但愿我娘把乌鸦翅膀从泥塘里沾染来的毒汁全都洒在你们两个人的身上！但愿潮湿的西南风吹得你们两个全身都是水泡！

普罗贝　你说的这些坏话，今夜一定会使你全身抽筋，腰酸背痛，气都喘不过来，有如芒刺在背，彻夜睡不着觉。你浑身密密的蜂窝洞，会比黄蜂刺得还更痛！

卡力班　这个岛是我娘西苛娜给我的遗产，却被你抢占去了。你初来的时候对我还好，安慰我，看重我，给我喝淡水，水中还有果子，并且告诉我白天黑夜发出大光和小光的东西叫什么名字，所以我就喜欢你了，并且把岛上的好东西都告诉你，带你去看新清泉、盐水池、肥沃的空地。我真该死！居然把这些西苛娜魔法变好的东西都告诉你了——蛤蟆、刺猬、蝙蝠——你现在所有的，本来都是我的，我本来是它们的主子，你反而要我为你做苦工，而你自己却把岛上的一切占为己有了。

普罗贝　你这个造谣说谎的奴才，好言好语对你没有用，只有鞭子才能说服你！——虽然你浑身龌龊——我还是把你当人看待，让你住进我的窑洞，但你居然存心险恶，妄想玷污我清白的孩子。

卡力班　哦哈，哦哈！这可能吗？你不是破坏了我的好事吗？我不是在岛上别的地方生下了小卡力班吗？

蜜兰达　可恶的奴才，好事不沾边，坏事飞满天。我可怜你，教你说话，每个钟头不教这个，就教那个。野蛮人，你自己也不知道你在说什么，只是一些乌七八糟的胡言乱语。我尽量教你用好话说出你的意思，但是你这个孽种，虽然你在学习，却把好话都说成了坏话，因此我也不得不把你关在石窟里了。

卡力班　你教了我说话，我学到的只是咒骂。拿你们的语言来教我，怎能教得好呢？

普罗贝　老妖婆的孽种，滚开吧，快去搬木柴来，还有别的事要做呢！你耸肩膀干什么？不愿意吗？如果你不干或者不愿干我要你干的事，我就要你浑身抽筋，骨头疼痛，痛得你呼天抢地，连野兽听了都要发抖。

卡力班　不，请不要这样——我会听话的，连我娘信的神都无可奈何，我怎能不听命呢？

普罗贝　那奴才，你就快去吧！

（卡力班下。费丁南上。）

爱丽儿　（隐身上，唱。）来到黄沙滩，

大家把手挽。

行礼又亲吻，
微风吻波纹。
从东跳到西，
舞曲真着迷，

精　灵　（幕后合唱。）听啊听：
门外狗叫声！

爱丽儿　（唱。）听啊听：
听到咯咯啼，
那是报晓的公鸡。

费丁南　音乐是从哪里来的？天上还是地下？现在又听不见了。一定是海上仙人的歌声。我坐在海边，为父王遇难而痛哭，音乐却乘风破浪来到我的耳边，用甜美的声调抚慰了惊涛骇浪，也压制了我悲伤的感情，吸引我跟踪前进。——但音乐又消失了，而我还是追到了它的踪影。

爱丽儿　（唱。）你父亲在海洋深处，
他的骨肉成了珊瑚，
他的眼睛成了明珠，
身体不会化有为无，

只是变得更加丰富，

海神都在为他歌舞。

精　灵　（幕后合唱。）叮当，叮当！

爱丽儿　听，听他们歌声嘹亮。

费丁南　这歌声使我想起了遇难的父王。但这不像是人间的歌唱，我听到的声音仿佛来自天堂。

普罗贝　你的眼帘会使你看得更远，从地下看到天上。

蜜兰达　那是什么？是精灵。天呀，爸爸，相信我，这真好看。那一定是神灵。

普罗贝　不，女儿，他能吃能睡，像我们一样有五官四肢。你看到的年轻人遇上海难就悲伤——这是美人的伤痕，你可以说他是个好人，他失去了伙伴，正在到处寻找他们的踪迹。

蜜兰达　我可以说他的神气正合我的理想，我从来没有见过这样高贵的人物。

普罗贝　说下去吧，我看，我的心灵也催促我这样想了。——

（对爱丽儿）小精灵，好精灵，我两天后就恢复你自由。

费丁南　肯定歌声唱的就是这位仙女，但愿我能知道她是不是就在这个岛上，她能不能告诉我应该怎样才能见到她。我的第一个、也是最后一个请求，就是告诉我：我甜蜜如兰的人儿是不是个少女？

蜜兰达　没有问题，少爷，当然是的。

费丁南　你会说我的语言？我是说这种语言最高的人，假如现在我是在说这种语言的国家就好了。

普罗贝　怎么？最高的人？那不勒斯国王听了会怎么说？

费丁南　我现在是受到两面夹攻了。你说到那不勒斯国王，国王听过我说我的语言，不过我现在为他痛哭，因为我泪水未干的眼睛看见他在海上遇难了。

蜜兰达　哎呀，老天怎么不发慈悲！

费丁南　的确，事实就是：父王和大臣，还有米兰公爵父子都遇难了。

普罗贝　米兰公爵和他美丽的女儿等时机一到，就会证明你说错了。——（他们父女交换了眼色。）——细心的爱丽儿，为了这一点，我就要恢复你的自由了。——小爷子，我要和你说一句话，我怕你说错了。

蜜兰达　父亲为什么这样急着要说话？这是我见到的第三个男人，是第一个打动了我感情的人。但愿父亲能和我有同样的心情。

费丁南　啊，如果你是个未婚少女，你的感情还没有施舍给别人，那我就要让你成为那不勒斯的王后了。

普罗贝　小声点，我的小爷，我还有话要说呢。——（旁白）他们两个心心相印，但是事情不能这样容易办好，轻易到手就显得不贵重，要落价了。——我还有句话要告诉你，你听我说，你到这里来篡夺本来不属于你的名号，是不是一个到岛上来的坏蛋，想从我这个岛上主人手里夺取特权？

费丁南　不是的，我是个男子汉大丈夫。

蜜兰达　不高级的人物不能进入这神圣的庙堂。如果落后的内心有了这样华美的外观，好事物就会齐心协力把它驱逐出境。

普罗贝　（对费丁南）你跟我来。——（对蜜兰达）不要为他说好话，他是个坏人。——（对费丁南）我要把你的颈子和手脚都绑起来，只让你喝海水，吃淡水里的渣子，吃腐烂的根芽、不结实的果壳。

费丁南　不行，除非我的对手有对付我的本领，否则，我不会让他得逞。（他拔出剑来，但普罗贝用定身法使他不得动弹。）

蜜兰达　父亲，不要用法力来考验他，他很和气，并不可怕。

普罗贝　怎么了？我说，我的手脚也来教训我了。——（对费丁南）你装模作样，却又不动手，你良心不安，罪有应得。不要采取守势，我用魔杖就可以解除你的武装，要你放下武器。

蜜兰达　求求你了，父亲。（跪下拉住普罗贝。）

普罗贝　走开，不要拉住我的衣服！

蜜兰达　老爷子，放过他吧，我愿替他担保。

普罗贝　不要说了，再说一句，我不恨你，也要骂你了。怎么要为骗子求情？不要说了，你以为没有人比他外表更好。你只见过他和卡力班。傻瓜，比起多数男人来，他只是一个卡力班。而别人却都是天使。

蜜兰达　我的感情要求不高，我也不敢妄想高攀别的男人。

普罗贝　（对费丁南）过来，听我的话。你还是个孩子，头脑还不成熟。

费丁南　的确是这样，我的心仿佛在做梦，全身都绑起来了。我为父王遇难感到悲伤，为伙伴沉船觉得难过，甚至对威胁我的人也满不在乎，只要在现在的牢房里一天能见一次这位女郎，哪怕世界上别的地方都有自由，我也只要现在这个牢房。

普罗贝　（旁白）起作用了。

（对费丁南）来吧。

（对爱丽儿）你干得好，爱丽儿。

蜜兰达　放心吧，小爷子，我父亲的脾气并不坏，他平常是不像现在这样说话的。

普罗贝　（对爱丽儿）你可以自由了，但先得按我说的去做。

爱丽儿　不会误事的。

普罗贝　（对费丁南）来吧，跟我走。——

（对蜜兰达）不要为他说情。

（众下。）

第二幕

第一场

海岛上

（亚龙佐、塞巴新、安东略、龚查罗、亚利安、方西科等上。）

龚查罗　（对亚龙佐）请主公高兴一点吧，你应该高兴啊——我们大家都脱险了。这种危险是多少水手的妻子儿女、多少商船和货物的主人都经常要遭遇的。但对我们却发生了奇迹——我是指死里逃生而言——千百万遇难的人当中，有几个能像我们这样死里逃生的呢？所以，好主公，放宽心吧！我们这样逢凶化吉真是不容易啊！

亚龙佐　请你不要说了。

塞巴新　（对安东略旁白）这种安慰不过是残羹剩菜罢了。

安东略　这位老兄恐怕不肯就此罢休。

塞巴新　瞧，他聪明的闹钟又在上发条了，慢慢就会闹起来的。

龚查罗　主公——

塞巴新　响一下了，记住！

龚查罗　如果把苦难都付之一笑——

塞巴新　（对安东略旁白）赏一块钱。

龚查罗　（听到旁白）赏一块钱，那苦难都变甜了。

塞巴新　你说的比我想的还更聪明一点。

龚查罗　（对亚龙佐）因此，主公——

安东略　（对龚查罗）去你的吧，你怎么不怕嚼烂你的舌头？

亚龙佐　我请你少说两句吧。

龚查罗　那好，我说完了，不过——

塞巴新　他还要说个没完。

安东略　我要打一个赌：他和亚利安，哪一个先乱啼？

塞巴新　老公鸡。

安东略　小公鸡。

塞巴新　好，赌什么？

安东略　赢家哈哈笑。

塞巴新　好！

亚利安　这个海岛似乎一篇黄粱[①]——

塞巴新　哈哈哈！

安东略　你赢了。

亚利安　无人居住，几乎无人来过。——

塞巴新　不过——

亚利安　不过——

安东略　你不会突然不知道。

亚利安　天气一定温和可爱。

安东略　天气是个说不准的女人。

塞巴新　最有学问的人也猜不准。

亚利安　这里吐出来的空气倒很甜蜜。

塞巴新　仿佛是从腐烂的肺里吐出来的。

安东略　或者是经沼泽熏染过的。

龚查罗　这里的一切都对生活有利。

---

① 译注：一片荒凉。

安东略　的确，只是无法生活下去。

塞巴新　生活的确很空，甚至可说没有。

龚查罗　青草看起来多么丰富，多么碧绿！

安东略　地面上只是一片黄土。

塞巴新　只有一点绿影。

安东略　他没有看漏什么。

塞巴新　没有多少，只是全看错了。

龚查罗　难得的是——的确几乎不可相信。

塞巴新　很多人都承认：这种情况很少发生。

龚查罗　我们的衣服浸在海里，却新得像没有洗过的一样。即使是粗布烂衫，也显得像是海水染过的。

安东略　如果他的衣袋会说话，但愿它说他没说谎。

塞巴新　或者假装把他说的话装进衣袋里去。

龚查罗　我看我们的衣服都是簇新的，就像我们在非洲参加突尼斯国王和克拉丽公主的婚礼时穿的一样新。

塞巴新　这是一场甜蜜的新婚。我们回国后都可以吹嘘说是增光添彩了。

亚利安　突尼斯女王从来没有见过这样尽善尽美的

婚礼。

龚查罗　从狄托女王这个寡妇的时代起就没有见过。

安东略　是寡妇吗？这个贱货！被情人抛弃而自杀的女人能算是寡妇吗？

塞巴新　那抛弃她的情人算什么呢？老兄，不要太苛求了。

亚利安　你叫她作寡妇？这倒使我想研究一下了：那时还没有突尼斯，只有迦太基呢。

龚查罗　现在的突尼斯就是那时的迦太基。

亚利安　迦太基？

龚查罗　我敢肯定是迦太基。

安东略　他说的话比神奇的竖琴还更灵。

塞巴新　竖琴一吹，就出现了城墙；他一说话却会出现房屋。

安东略　他下一次会做出什么化难为易的事来呢？

塞巴新　我想他会把这个海岛像苹果一样装进他儿子的口袋里去。

安东略　还会把苹果籽撒到海里，想要种出些海岛来。

龚查罗　啊！

安东略　真是异想天开。

龚查罗　（对安东略）老兄，我们是说，我们给海水浸泡过的衣服居然和在突尼斯参加公主婚礼时一样新，而现在公主已经是王后了。

安东略　这是那里从来没有发生过的事情。

塞巴新　很少发生，这点我敢肯定。但是狄托寡妇呢？

安东略　啊！狄托寡妇除外，狄托寡妇除外。

龚查罗　老兄，我的紧身衣不是和第一次穿的时候一样新吗？我的意思是说，差不多一样新。

安东略　那是很难得的。

龚查罗　（对亚龙佐）我在你女儿的婚礼上就穿过。

亚龙佐　你把这些话塞进我的耳朵，我的胃怎么受得了？我真希望没有把女儿嫁到这里来，因为一来这里，我就失去了我的儿子——其实——我也失掉了女儿，她嫁得这么远，离意大利这么远，我再也见不到她了。啊！我那不勒斯和米兰的继承人，你成了什么海上怪物的早餐了？

方西科　主公，他可能还活着呢。我亲眼看见他乘风破浪和海水斗争，把有敌意的海水挡开，挺胸前进，他昂首露出水面，双臂如桨，划向海岸，海浪也弯腰退让了，悬崖峭壁都弯下腰来救助，我看一点也没有问题，他一定安全登上海岛了。

亚龙佐　不，不，他已经离开世界了。

塞巴新　老兄，那你就要感谢这个巨大的损失了。欧洲不会因为你把女儿下嫁给一个非洲人而觉得有所损失，反而会因为你的女儿远离了你的眼前而感到快慰，虽然你的眼睛为她流出了痛苦的眼泪。

亚龙佐　请你不要说了。

塞巴新　你不听我们大家屈膝的请求，而你女儿的心灵也在厌恶与反抗之间摇摆不定，不知道结果应该倒向哪一边。我们已经失去了你的儿子，我看恐怕是永远失去了。这次失事给那不勒斯和米兰带来的寡妇，恐怕比带去安慰寡妇的男人要多得多。这都是你自己犯的错误。

亚龙佐　这也是最贵重的损失。

龚查罗　塞巴新大人，你说的心里话没有感情，说话的时间也不合适。你应该是带膏药来敷伤，不是来扩大伤口的。

塞巴新　说得好。

安东略　并且符合医学原理。

龚查罗　好主公，你脸上的愁云对我们大家来说就是阴天。

塞巴新　阴天？

安东略　非常阴暗。

龚查罗　主公，如果我在岛上有个庄园，我就要种——

安东略　他就要种荨麻，来寻麻烦。

塞巴新　或种野草闲花。

龚查罗　假如我是国王，那该怎么办？

塞巴新　不要酿酒，免得喝醉。

龚查罗　在我的共和国里，我要与众不同：不要买卖，不要官僚，不要文书，不要贫富不均，没有劳役，没有契约，财富不能继承，土地不能划界私有，农田、葡萄园也是一样，没有人贪财贪得，大吃大喝，不管什么职业，男男女女都可以自由自在，清白纯洁，不要人管。

塞巴新　不过，他还是个国王。

安东略　这个共和国前言不对后语。

龚查罗　一切公共福利都可以不劳而获。阴谋叛乱、刀枪火炮，都无用武之地。我要一切自然产生，不管哪种门类，都能产量丰富，喂饱全国的老百姓。

塞巴新　老百姓也都不结婚？

安东略　都不结婚，人都懒散，女的是娼妓，男的是流氓。

龚查罗　我要把这个国家管得十全十美，胜过黄金时代。

塞巴新　老天保佑！

安东略　龚查罗万岁！

龚查罗　主公听到没有？

亚龙佐　请你不要说些瞎话。

龚查罗　不敢对主公胡言乱语。我不过是不肯错过机会，和这两位机智敏感、无事生非的大人物开开玩笑而已。

安东略　不过，我们笑的是你。

龚查罗　我开这种玩笑，对你们算得了什么？你们完全可以无中生有啊。

安东略　这算得上是什么打击？

塞巴新　砍下来的不是刀锋，而是刀背。

龚查罗　你们两位都是铁打的英雄好汉，即使月亮在五个星期之内不会由圆变缺，你们也会一刀把它砍缺的。

（隐形的爱丽儿在庄严的乐声中上。）

塞巴新　我们会的，我们还会抓烧焦了的鸟呢。

安东略　不，好大人，不要生气。

龚查罗　不，不必担心，我的理智还不至于这样脆弱，不过我的身体倒是感觉沉重，要睡觉了。你们能不能笑得我们睡去？

安东略　去睡着听我们笑吧。

（除亚龙佐、塞巴新、安东略外，众人皆睡。）

亚龙佐　怎么，这么快就都睡着了？我真希望我的眼皮能像他们一样关闭我的思想。

塞巴新　主公，请你不要错过这宝贵的献礼，它带来的不会是忧郁，而会是安慰。

安东略　主公，我们两个在你安息的时候会保卫你的安全。

亚龙佐　谢谢你们，睡意怎么这样沉重？（入睡。）

塞巴新　他们怎么这样昏昏欲睡？真是怪了。

（爱丽儿作法催眠后下。）

安东略　这是气候的压力。

塞巴新　怎么没有压得我闭上眼皮呢？我怎么一点睡意都没有呀！

安东略　我也不困。他们却都像商量好了似的，倒头就睡着了，仿佛遭到了雷劈一样。说不定，高贵的塞巴新，说不定——不说了！——不过我觉得，我在你脸上看到了机会，我强烈的预感看到一顶王冠落在你的头上。

塞巴新　怎么？你是在做梦吗？

安东略　你没有听见我是醒着在说话吗？

塞巴新　我听见的，那肯定是说梦话吧。你知道你说了些什么，你张开眼睛睡着了，露出了睡着的奇形怪状：站着说话，走来走去，但却是昏昏沉沉地睡着了。

安东略　高贵的塞巴新，不要错过好运气——不要睁开眼睛看着好运气溜走。

塞巴新　你显然是在说梦话，不过梦话听来倒也不是没有道理。

安东略　我从来没有这样认真过，你也一样。要是你听了我的话，照了我说的去做，那你就会立刻身价十倍。

塞巴新　那好，你说得水都不会流了。

安东略　我要叫你水涨船高。

塞巴新　那你试试看。长子继承权的传统打消了我继承王位的妄想。

安东略　啊，你明明知道：你表面上不在乎，其实是想更容易达到目的。你要脱下旧衣服，却说是不想要换上新装。缩手的人快摸底的时候，却因为胆小怕事而失败了。

塞巴新　请你说下去，你的眼睛和面孔泄露了你的内心，你要感到痛苦才说得出来。

安东略　这位主公虽然生下来就记忆力不好，却被人捧得很高，以为他能说服群众，其实只是有名无实。——国王相信他的王子没有淹死——这是不可能的，就像说这个睡着了的人是在游泳一样。

塞巴新　我并不希望他没有淹死。

安东略　你不希望却会产生多大的希望啊！这种绝望

会带来更高的希望，即使雄心壮志也不能超越过度，否则就会引起怀疑。你是否同意我说的：费丁南已经淹死了？

塞巴新　他是死了。

安东略　那你告诉我谁是那不勒斯王位的第二继承人。

塞巴新　克拉丽公主。

安东略　她已经是突尼斯王后了。离生活在本国的人路途遥远，不能得到那不勒斯关怀，除非太阳成了她的信差，连月中人都太慢了——除非新生的女婴需要刮脸。虽然我们都被大海吞下，但是还有几个死里逃生——命中注定要成大业——过去的事只是前奏曲，未来却要由你和我来支配了。

塞巴新　这是什么意思？的确，我兄长的女儿成了突尼斯王后，不过她还是那不勒斯的继承人，虽然国土之间有遥远的距离，那也不要紧。

安东略　距离的每一步都在大声疾呼："克拉丽怎能量得出回那不勒斯的路有多远？还是让她留在突尼斯吧，快把塞巴新叫醒！"告诉塞巴新：他们已被死亡抓走，生前也并不比现在更好。这里有人治理那不勒斯，并不下于睡着了的主公。大臣能言善辩，也不在龚查罗之下，我就能教乌鸦唱得比他好听。啊，但愿你心里和我一样想！他们睡这一觉，对你多有利啊！你听明白了我的意思吗？

塞巴新　我想我心里明白。

安东略　那你要怎样对付这个好运呢？

塞巴新　我记得你是怎样取代令兄普罗贝的。

安东略　不错，瞧我穿的官服多么合身，比原来的好多了。我兄长的下属本来是我的同事，现在却成了我的部下。

塞巴新　但是你的良心呢？

安东略　唉，大人，良心在哪里？如果它是脚上的冻疮，我会把它塞进我的鞋子里去。但是我感觉不到：我和米兰之间的现实关系，在我的良心中占有什么地位？恐怕良心也像糖果一样，一进口就消融了。令兄在这里睡着了，像块泥土一样——假如要他死了化为泥土，我会用这把听话的钢刀——刺进他的心脏。只要刺入三分，他就会永远长眠，而这一瞬间对你却是永恒。再使这个啰啰唆唆的老臣永远闭口，不再碍事。其他人等就会像猫舔牛奶那样唯命是听，他们会按照我们的吩咐，按时去做适合他们做的事。

塞巴新　我亲爱的朋友，你的先例照亮了我的道路，使我有例可循。你是怎样得到米兰的，我就可以照样得到那不勒斯。拔出你的剑来，只要一剑，我就可以免除你向那不勒斯进献的贡物。我若做了国王，对你一定恩宠有加。

安东略　我们一同举剑吧。我一举手，你就把剑落在龚查罗头上。

塞巴新　且慢，我还有句话要说。

（两人退到台旁私语。）

（隐形的爱丽儿在乐声中上。）

爱丽儿　（对睡着了的龚查罗说。）我神通广大的主子早就预料到：你这位他的好朋友会遇到危险，他特别关照我来了结他的心愿，保护你们大家的安全。（在龚查罗耳边唱。）你们在这里睡着打鼾的时候，有人却明目张胆地进行阴谋，想要把你们的性命夺走。如果你们还想保全性命，那就要快从睡梦中惊醒，张开耳朵好好听听。

（安东略、塞巴新拔出剑来。）

安东略　我们两个要快下手！

龚查罗　（惊醒。）谢谢天使来保卫我主公。

亚龙佐　（醒来。）怎么？嘿！大家都醒醒吧！

（众人惊醒。）

（对安东略、塞巴新）你们两个为什么拔出剑来，并且这样急急忙忙的？

龚查罗　出了什么事啦？

塞巴新　我们站在这里保卫主公的安全。忽然听见大声怪叫，不是牛鸣，就是狮吼。怎么没有惊醒你们？但却几乎震聋了我们的耳朵。

亚龙佐　我什么也没有听见。

安东略　那怪声使人耳鼓震惊，仿佛地动山摇，狮吼雷鸣。

亚龙佐　你听见了吗，龚查罗？

龚查罗　说老实话，我只听见窃窃私语把我惊醒，我就赶快摇醒主公，张开眼睛一看，却见他们两人拔出剑来，这是肯定无疑的。我们最好离开这里，赶快去拿起武器来。

亚龙佐　那就赶快离开这里，去搜救我的王子吧。

龚查罗　老天不要让毒蛇猛兽害他！他肯定在这个岛上。

亚龙佐　那你就带我们走吧！

爱丽儿　我完成了主子交给我的差事。

国王啊，你可以去找你的王子。

（众下。）

第 二 幕

第二场

海岛一角

（卡力班背柴上，雷声隆隆。）

卡力班　让太阳从湿地上、旱地上吸起来的病毒尘埃都落到普罗贝的每一寸肉体上吧！他会要精灵来偷听我的诅咒，但是管他呢！我还是要说我的心里话，不管他们用手捏我，做鬼脸吓我，像鬼火一样不断把我引上邪路；不管他们搞什么鬼花样，像狮子叫也罢、咬也罢，像刺猬一样在地上打滚刺我的脚也罢，有时像毒蛇用开叉的舌头来吓得我发疯也罢。

（灵洒罗上。）

又来了一个要我搬柴的，也许他不会整我吧。

灵酒罗　这里没有树林可以遮风挡雨。但是另外一场风暴又要来了。我听见风声在咆哮，看见乌云在翻滚，就像一个酒囊要倒出满袋的酒来。如果还像上次的风暴那样，我真不知道要把头藏到哪里去。那团乌云多么像要倾盆倒出来的大雨啊。

（见卡力班。）这是什么怪物？是人还是怪鱼？死的还是活的？气味像一条鱼，身上还有陈年腥气，像剩下来给穷人吃的臭鱼。假如我还在英国——像从前一样——只要把这条怪鱼涂得五颜六色，那些舍不得花一个钱去救济残废穷人的阔佬，却肯掏出十块钱来看印第安土人的僵尸。啊，他右腿像个人，鱼翅又像胳臂！恐怕不是怪鱼，而是岛上挨过风吹雨打的土人。（雷声。）唉，风暴又要来了！只好赶快把他的罩衣当作帐篷，附近也没有地方可以躲避风雨啊。苦难中才会结识新朋友，我只好在尸布下面躲过这残余的风暴了。

（灵酒罗藏卡力班罩衣下。）

（特法罗手拿酒瓶唱歌上。）

特法罗　（唱）我不再下海，

要到岸上来。

这是送殡的葬歌，不好听，幸亏还有我的好酒。

（喝酒。）

（唱）船长、船员、水手，还有我，

加上炮手是一伙。

大家都爱玛莲、梅歌、玛加丽，

只有凯蒂不讨人欢喜。

她有一根长舌头，

老叫水手去上吊。

她不喜欢柏油味，

大伙下海她掉队。

这个调子不好听，

但有好酒可放心。（喝酒。）

卡力班　不要折磨我了，啊！

特法罗　出了什么事？这里怎么出了魔鬼？你把野人和印度土人带来干什么？哈！我刚才都没有

淹死，难道还会怕你这四条腿的魔鬼吗？[①] 一个用四条腿走路的正常人是不会让我害怕的。我要再说一遍，只要特法罗还用鼻子出气，就不怕四条腿。

卡力班 精灵来折磨我了，啊！

特法罗 这是岛上四条腿的魔鬼，我看他在发抖，恐怕是生病了。这只魔鬼怎么学会了我们的语言？我要帮他一点忙，如果能治好他的病，使他听我的话，把他带回那不勒斯去，那就可以把他当作礼物，随便送给哪个穿皮鞋的帝王了。

卡力班 请不要折磨我，我好快点把柴搬回去。

特法罗 他现在发病了，说话太不聪明。让他尝尝我这瓶酒。要是他从来没有尝过的话，说不定会酒到病除的。如果我能治好他的病，就让他听我的话，我也不想靠他发财，不过谁要买奴隶总得花钱，钱也不会给得太少的。

卡力班 你并没有怎么伤害我，不过你一发抖，我看

---

① 译注：卡力班的罩衣露出卡力班两条腿和灵酒罗的两条腿。

得出，你就要伤害我了。普罗贝在你身边作法呢。

特法罗　你会张开嘴吗？喝一点你就会像猫一样说话了。张开口来！你一发抖，就会把病抖掉。（给卡力班喝一口酒。）你有眼不识好歹，再张开你的两片嘴皮子来！

（卡力班吐出酒来。）

灵酒罗　我听声音像是——不过他已经淹死了！那就只能是活见鬼。啊，救命啊！

特法罗　四条腿却是两个人的声音，真古怪！前一张嘴说的，是好话；后一张嘴却吞吞吐吐。要是我瓶子里的酒能治好他的病，我就把酒都给他。等他一张嘴喝够了，再灌第二张嘴吧。

灵酒罗　特法罗？

特法罗　另外一张嘴在叫我，天呀，天呀，真是见鬼。这不是怪物，是魔鬼，怎能同鬼一起喝酒呢？

灵酒罗　特法罗？如果你是特法罗，摸摸我，和我说说话，我是灵酒罗——不要害怕！——我是你的好朋友灵酒罗。

特法罗　如果你是灵酒罗，那就过来吧。（拉他出来。）如果这里有灵酒罗的腿，那就是这两条了。你的确是真的灵酒罗！怎么会从这个怪物的肚子下面拉出来？难道你成了他的屎屁屁？

灵酒罗　我以为他给雷打死了，你没有淹死吗，特法罗？我真希望你没淹死。风暴过了没有？我躲在这个雷劈的怪物罩衣底下，免得被雷击中。你还活着呀？啊，啊，特法罗，我们两个那不勒斯人得救了！

（灵酒罗和特法罗互相拥抱，一同跳舞。）

特法罗　请你不要把我转来转去，我的胃不好受。

卡力班　（旁白）这两个人不是精灵，那就是好人了。那个带了仙水来的一定是个神仙，我要向他下跪了。

特法罗　你是怎么脱险的？又怎么到这里来了？用酒瓶发誓，你是怎么来的？我却是靠了水手抛下海的酒桶，逃命到了岸上，又用树皮做了这个酒瓶的。

卡力班　我要向瓶子发誓：我要做你的仆人。你喝的真是仙水。

特法罗　说实话，你是怎样脱险的？

灵酒罗　我是像鸭子一样游到岸上来的，老兄，我敢发誓：我会像鸭子一样游水。

特法罗　（把酒瓶给灵酒罗。）拿住，拿酒瓶当你的《圣经》吧。虽然你游水像鸭子，走路却像笨鹅。

灵酒罗　啊，特法罗，还有酒吗？

特法罗　有一桶呢，老兄，我把酒藏在海边岩洞里。——怎么啦？月亮中的牛魔王，你的病好些了吗？

卡力班　你不是从天上下凡的吗？

特法罗　我是从月亮中来的人，我敢向你担保。在月亮代替太阳照耀的时代，我就在月亮中了。

卡力班　我看到过你在月亮中，使我拜倒在地。我的女主子还要我看你带着猎狗，拿着桂枝呢。

特法罗　来发誓吧。亲亲这个圣瓶，我就给你装满圣水，发誓吧！

灵酒罗　（旁白）太阳在上，真是一条醉倒的糊涂虫！我怎么还会怕他？可怜的怪物，居然相信月中有人？真是可怜！说什么就信什么的可怜虫！说老实话，你喝醉了，怪物！

卡力班　我要指给你看岛上肥沃的土地，我要吻你的脚，做你的小民，你就是我的神。

灵酒罗　太阳在上，这真是个靠不住的醉汉。天神一闭眼，他就会把酒瓶偷走。

卡力班　我要吻你的脚，发誓做你的下人。

特法罗　来吧，跪下来发誓吧！

灵酒罗　我要笑死了，看见这个糊糊涂涂的赶死鬼。

特法罗　来吧，亲亲我！

灵酒罗　这个可怜的醉鬼，真是个讨厌的家伙！

卡力班　我会告诉你哪里有泉水；我会给你摘果子；我会给你钓鱼，给你找木柴。该死的霸道人！我再也不服侍他了，不再听他的，不再为他劈柴。我情愿服侍你这个好人。

灵酒罗　（*旁白*）真是个怪物，拜倒在醉鬼脚下！

卡力班　我求你了，让我带你去摘山楂果，用我的长指甲去挖树根，找鸟窝，捉小猴子，找榛子，有时还能在岩石上捉到小海鸥呢。你愿同我去吗?

特法罗　那你就带路吧，不要多说了。灵酒罗，国王和别的伙伴都已经淹死，我们也只好把这里当家乡了。

（对卡力班）拿住酒瓶。——灵酒罗老兄，我们慢慢喂他几嘴吧。

卡力班　（醉唱）再见，老板！再见，再见！

灵酒罗　胡说八道的醉鬼！

卡力班　（唱）捉鱼不过堤岸，

捡柴不用手搬，

不擦木盘不洗碗，

搬，搬，卡力班！

有了一个新老板，成了一个新伙伴。

自由啰，真喜欢！真喜欢，有了自由权，真喜欢！

特法罗　好个活宝贝！带路要靠你。

（同下。）

第 三 幕

第一场

普罗贝岩洞前

（费丁南背一根大木头上。）

费丁南　（放下木头。）有些劳动是辛苦的，但劳动带来的乐趣会使辛苦消失；有些低级的活动如果用高尚的心情来忍受，反而可以得到丰实的报酬。我这微贱的工作会显得沉重而讨厌，但我为之效劳的仙女却能化苦为乐。啊，比起她严厉的父亲来，她是多么温情脉脉啊，她的父亲却显得是粗暴的化身。我必须严格完成他的要求，把几千根这样大的木头堆积成山。但是我温柔多情的仙女看见我劳动的辛苦却流下了同情的眼泪，说这种低级劳动不该由我这样高级的人物来执行。这样温柔多情的安慰使我忘乎所以，使沉重的劳动化为轻松，（举起一根木头。）使我举重若轻了。

（蜜兰达上，普罗贝隐身跟在后面。）

蜜兰达　（对费丁南）唉，我求你不要这样辛苦地把这些木头堆积起来了。请你放下木头，休息一下吧！我真恨不能呼雷唤电，把木柴化为乌有，变成燃烧过的灰烬，或者化为泪珠，因为劳累了你而哭泣。我父亲正在专心研究，你可以放心休息，三小时内，他不会加重你身上的负担。

费丁南　啊，最亲爱的仙女，我必须在日落之前，尽力做完我的工作。

蜜兰达　如果你能休息片刻，我会为你堆好木柴。请你让我助你一臂之力，把木柴为你堆好吧。

费丁南　令人珍爱的仙女，我即使损筋伤骨，也不能坐视你挑起这副重担呀。

蜜兰达　你能做的，我就能做。而要你做的是违心的事，我却是心甘情愿地替你去做的。

普罗贝　（*旁白*）可怜虫，你也受感染了。这从天而降的凡人却恢复了你的人性。

蜜兰达　你看起来已经累了。

费丁南　不，尊贵的仙女，只要你在身旁，黑夜也成了清晨。请你告诉我你的芳名，我好祈祷上天为你祝福啊。

蜜兰达　蜜兰达,——啊，父亲，我违犯你的规矩了。

费丁南　啊，蜜兰达，令人倾心热爱的高峰，世人无不拜倒。我见过令人心醉神迷的女子，多少次她们的伶牙俐齿使我殷勤的耳朵成了她们的俘虏，多少美人的品德使我爱慕，但她们总有美中不足，使我怅然而去。只有你这样十全十美的仙女，才使我拜倒在地啊。

蜜兰达　我没有见过其他女人的面貌，只在镜中见过自己。除了你和父亲之外，我也没见过别的男人。我不会做作，只会谦虚，这是我嫁妆中的瑰宝。世界上除你之外，我没有伴侣，也想不出可爱的人。我说得太远了，超过了我父亲告诉我的范围。

费丁南　我的地位是个王子，蜜兰达，我看也许会是国王，但是我并不想为王——正如我不愿干搬柴的苦活，也像我不能容忍蚊子苍蝇叮嘴一样，那是要把我当奴才啊。但是为了你，即使做一个搬运木头的工人，我也是心甘情愿的。

蜜兰达　你这是爱我吗？

费丁南　上有天，下有地，天地都可以证明我说的话出自真心。若有虚言假语，可以任意处置。我的确爱你这无价之宝，这无上的光荣。

蜜兰达　我真傻，本来应该是喜出望外的，我却反而泪如雨下了。

普罗贝　（旁白）这是天下少见的巧遇，又真是天作之合。

费丁南　你为什么哭了？

蜜兰达　因为我实在不配得到我想给你的感情，更不敢接受我宁死也想得到的情感。这还不算什么，我越想隐瞒，就暴露得越多，因此羞答答的装模作样暴露的却是神圣的天真无邪。如果你愿意结婚，我就做你的新娘；如你不愿，我到死也愿做你的奴婢。如果你不要我做伴侣，我也愿意做你的女仆，不管你欢喜不欢喜。

费丁南　（跪下。）我最亲爱的女主子，我永远是你的忠仆。

蜜兰达　那你就是我的丈夫。

费丁南　全心全意的丈夫。意愿已经成为约束，请握住我的手吧。

蜜兰达　还有我的手和心呢。现在，再见吧，过半个小时再见！

费丁南　千万个再见！

（费丁南和蜜兰达分别下。）

普罗贝　我的快乐不能和他们的相提并论，他们令人感到惊奇，我却只是满心欢喜。我要研究我的法术去了。晚餐以前，我必须做好我的准备。（下。）

第 三 幕

第二场

海岛一角

（卡力班、特法罗、灵酒罗上。）

特法罗　不要说酒桶喝光了！只要桶里还有一滴酒，我就决不喝水。所以喝酒吧，尽量地喝吧。奇怪的奴才，你也为我长寿干杯吧！

灵酒罗　怪人，这个小岛真是莫名其妙！——（旁白）据说岛上只有五个人，我们就占了三个；要是其他两个也像我们这样醉得一塌糊涂，那还有人会走路吗？

特法罗　喝吧，怪人，我叫你喝你就喝，你的眼睛怎么发直了，难道眼睛也喝醉了吗？

（卡力班喝酒。）

灵酒罗　如果眼睛不发直，而是鸡毛尾巴变得又硬又直，那就更是一个怪物了。

特法罗　我奴才的舌头已经在酒里淹死了；至于我呢，在一百海里以外，我都能游到岸上来，就凭这点，怪物，你也只能当我的下手，或者当个旗手吧。

灵酒罗　他只能当下手，怎能做旗手呢？

特法罗　奇怪的旗手，可不能临阵逃跑啊。

灵酒罗　他不会逃跑，只会醉得像狗一样躺倒，什么也不说。

特法罗　月中的怪牛也总要开口叫吧。

卡力班　主子有什么吩咐？要不要我舔你的鞋子？我可不服侍他：他是个胆小鬼。

灵酒罗　你胡说，蠢东西，我敢顶撞警官，你只是条臭鱼，一个胆小如鼠的醉鬼，撒得出什么大谎来？

卡力班　瞧，他瞧不起我！主子，你能不让他胡说吗？

灵酒罗　“主子”？一个野人能懂什么规矩？

卡力班　瞧，瞧！又来了。我求你咬他一口吧。

特法罗　灵酒罗，把舌头藏在嘴里。你要反对，就把你吊死在那棵树上。这个怪人是我部下，不能随便侮辱。

卡力班　谢谢，我高贵的主子，你能不能再听听我的诉求？

特法罗　圣母在上，我愿再听听。跪下来再说一遍，灵酒罗也听听。

（爱丽儿隐身上。）

卡力班　我和你说过：我受到一个厉害的法师虐待，他会法术，骗取了我的小岛。

爱丽儿　你胡说。

卡力班　（对灵酒罗）你才是胡说呢，你这只胡说八道的猴子。你，我要我的好主子毁了你，你信不信？

特法罗　灵酒罗，如果你再对他胡说八道，我用这只手起誓，我要敲掉你几个牙齿。

灵酒罗　怎么啦？我可什么也没说呀。

特法罗　（对灵酒罗）那就闭上你的鸟嘴，什么也不要说。

（对卡力班）说你的吧！

卡力班　我说他用法术夺取了我的小岛，是从我的手里夺走的。我知道你有本事对付他——因为我知道你本事大，这家伙可不敢——

特法罗　他一定不敢。

卡力班　你就要做小岛的主子了，而我要服侍你。

特法罗　怎能让小岛到手呢？你能带我去见那个法师吗？

卡力班　当然可以，我的主子。我要等他睡着了的时候再告诉你，你就可以在他头上敲一个钉子了。

爱丽儿　你胡说。你做不到。

卡力班　（对灵酒罗）你怎么穿得这样五颜六色的，你这傻瓜？——（对特法罗）有劳大驾打他一顿，把他手里的酒瓶拿走；没有酒喝，他就只好喝海水了，因为我是不会告诉他泉水在什么地方的。

特法罗　灵酒罗，不要再打断这怪物的话，我举手发誓：我会把怜悯心推出门外，把你打成一条干鱼的。

灵酒罗　怎么？我说错什么话啦？我什么也没说呀。我要站得离你们远些。

特法罗　你没有说他“胡说”吗？

爱丽儿　你胡说。

特法罗　我胡说吗？（打灵酒罗。）你既然喜欢挨打，就再说我“胡说”吧。

灵酒罗　我没有说你“胡说”呀！你怎么头脑糊涂，耳朵也喝醉了？该死的酒瓶！这就是你喝得天昏地暗的下场，让魔鬼割断你的手指头吧！

卡力班　哈哈哈！

特法罗　（对卡力班）现在，讲你的故事吧。——（对灵酒罗）请你站远一点。

卡力班　打够了吧？等一会儿我也要打他。

特法罗　（对灵酒罗）站远一点！——

（对卡力班）来，接着说你的吧。

卡力班　怎么？我不是告诉了你：他在下午有打瞌睡的习惯，那时你就可以打破他的头，不过先要夺走他的书本，再用大木头打碎他的脑壳，或者用小刀子去割断他的喉咙。记住，先要拿走他的书，没有书，他就成了和我一样的蠢材，也就没有一个精灵会听他的话了：他们都像我一样从心底里讨厌他。只要把他的书烧掉，他的本领就没有了来源——所以他说书是他的靠山——等他有了房屋，他会把书来做装饰，而他最美丽的装饰是他的女儿。他自己也说她真是美丽无比，我没有见过女人，除了我的老母亲西苛娜，而她们两个一比，简直是一个天上，一个地下。

特法罗　有这样美丽的女人吗？

卡力班　唉，主子，她会把你的床都美化了，我敢保险，她不会给你生出孬种来的。

特法罗　坏蛋，我要干掉这家伙，他的女儿和我成亲，我们就是国王和王后——老天保佑！——而灵酒罗和你都是我的副手。你喜欢这样安排吗，灵酒罗？

灵酒罗　好极了。

特法罗　伸出手来。对不起，我打了你了。不过只要你活着，你的舌头就要会说好话。

卡力班　不消半个钟头，法师就要睡着了。你要不要在这个时候干掉他？

特法罗　好，我说了算数。

爱丽儿　我要去告诉我的主子了。（下。）

卡力班　你教我怎样才快活，我高兴得不得了。让我们一起跳舞吧。你不是刚才还这样说的吗？

特法罗　就这样吧，怪物，只要有理就行。灵酒罗，来唱吧！

（唱）笑多久，骂多久；
　　骂多久，笑多久，
　　这样才自由！

卡力班　不是这支歌。

（爱丽儿用小鼓和长笛奏乐。）

特法罗　这是什么曲子？

灵酒罗　这是无影无踪人演出的乐曲。

特法罗　如果你是个人，那就露出原形来吧；如果你是鬼，那就随你的便了。

灵酒罗　啊，原谅我的罪过吧！

特法罗　人死债清，不用害怕，多一事不如少一事。

卡力班　你害怕吗？

特法罗　不，怪物，我不怕。

卡力班　不用害怕，这个岛上的怪声怪气很多。有的歌声温和好听，不会伤人，听得使人快活；

有时好多乐器砰砰乱响，吵得耳朵都要聋了；有时睡醒了听到的声音会使你再昏昏入睡，并且梦中会天开云散，落下金银财宝，压得我满身都是，使我醒过来还高声大喊，要回到梦中去呢。

特法罗　这个梦证明我会得到一个王国，在王国中我不必费力，金钱就会滚滚而来，为我奏乐。

卡力班　那先要打倒普罗贝！

特法罗　这马上就可以做到；我会放在心上。

（爱丽儿奏乐下。）

灵酒罗　音乐没有了；让我们先跟住它，再做我们的事。

特法罗　你带路吧，怪物；我们要跟着音乐走，看他的鼓怎么敲得那么响。

灵酒罗　（对卡力班）你来吗？我要跟特法罗走。

（同下。）

第 三 幕

第三场

海岛上

（亚龙佐、塞巴新、安东略、龚查罗、亚利安、方西科等上。）

龚查罗　圣母玛利亚在上，我实在走不动了，主公，我的老骨头走痛了。这些道路弯来直去，走得人昏头颠脑，对不起，我不得不歇一歇了。

亚龙佐　好一个老大臣，我怎能怪你呢？我自己也累得头昏眼花了，坐下来歇歇吧。找到这里，我也灰心绝望，不敢妄想他还活在人世了：我们这样东寻西找，大海也要嘲笑我们吃力不讨好吧。只好听天由命，随他去了！

安东略　（对塞巴新旁白）他这样灰心绝望，真是令人喜出望外。希望你片刻也不要忘记刚才费尽心力想要达到的目标。

塞巴新　（对安东略旁白）下一次机会一定要搞他个彻底。

安东略　（对塞巴新旁白）那就在今夜吧：因为他们现在已经找得心灰意懒，再也没有当初那种旺盛的精力来坚持到底了。

（普罗贝在庄严而奇妙的音乐声中，隐形在上方出现。精灵送上酒席，轻歌曼舞表示祝贺，请国王等就座后下。）

塞巴新　（对安东略旁白）就在今夜，不要再多说了。

亚龙佐　多么美妙的音乐！好朋友，你们听！

龚查罗　真是美妙动听的音乐。

亚龙佐　多好的招待，天呀，这里本来就有的么？

塞巴新　真是活生生的表演。现在我才相信：世上真有独角麒麟，阿拉伯还有凤凰树，那是凤凰女王的化身，现在凤凰还在那里称王呢。

安东略　麒麟和凤凰我都信。还有什么要相信的？都来找我吧。我会赌咒发誓说那不假。走过万里路的人不会说谎，虽然待在家里不出门的傻瓜会说他们胡闹。

龚查罗　如果我回去把这事告诉那不勒斯人，他们会相信吗？如果我说我见过这样的岛上人——肯定地说，这些人一定生活在岛上——虽然他们是我们见所未见的，但要注意他们的态度多么温文尔雅！在我们见过的人当中，有几个，甚至有没有一个像他们这样的人？

普罗贝　好一个老实人，你说得真好：就在你们这些人当中，有几个比魔鬼还坏啊！

亚龙佐　我也想象不出这样奇妙的人，这样的外貌，这样的声音，表达的是——虽然他们没有开口——但却是无声胜有声啊。

普罗贝　等他们走的时候再说吧。

方西科　他们出人意外地不见了。

塞巴新　这都没有关系，只要他们留下了酒肉就好，因为这正合我们的胃口。难道你不想尝一尝？

亚龙佐　我并不想。

龚查罗　说老实话，主公，你也不必担心。我们小时候，谁会相信山里还有野人，颈子像牛一样，仿佛挂了两个肉瘤？谁会相信野人没有颈子，脑袋长在胸膛上？但是现在，只要出过远门的人，五个里面就有一个会告诉你：的确有这等事。

亚龙佐　那我就来吃吧，即使这是最后一顿，那又有什么关系？因为我觉得：最好的时光已经过去了，我的好兄弟，还有公爵大人，我们都来一起吃吧。

（在雷电声中，爱丽儿化装为人面鸟身、左右都有翅膀的仙人，用特制的机械装备，把桌上的酒肉一扫而光。）

爱丽儿　你们三个都是罪人，命运之神利用这个世界上的一切，使永远饥渴的大海把你们吐到这个荒无人烟的海岛上来——你们是最不配活下去的人——我已经使你们如疯似狂，敢于吊死或者淹死自己了。

（亚龙佐、塞巴新和安东略拔出剑来。）

你们这些傻瓜，我和我的伙伴都是命运之神的左右，你们的宝剑不过是用“火”烧成的“土”，怎能烧掉狂“风”暴雨？怎能砍得一池清“水”一分为二？或者减少我身上一根毫毛？我的伙伴也是一样刀剑不入的。你们想要伤人，你们的刀剑已经生锈长毛了，沉重得你们举不起来。但是你们一定要记住——这是我要对你们说的话——你们三个把普罗贝这个好人从米兰赶到海上——但是老天有眼——他和他纯洁无辜的孩子没有受害，老天也并没有忘记——只是推迟了惩罚，在陆地和海上都闹得你们不得安生。你，亚龙佐，他们夺走了你的儿子，由我来宣布：使你遭受长久的折磨，——比立刻宣布死刑还更难受——要一步比一步更痛苦。如果你想避免，那就只有在这个荒无人烟的海岛上低头认罪，真心悔过，这样才能重新做人。

（爱丽儿消失在雷声中。众精灵在乐声中重上，一面跳舞，一面嘲笑酒客，并把酒席桌子撤走。）

普罗贝　你的角色演得很好，我的爱丽儿，你神气活现，我说什么，你就演了什么，一点没有偷工减料。就是这样，你生气勃勃，观察细致，我的下手也都尽了本分。我高明的法术起了作用，我的对头都落网了，他们走投无路，都在我的支配之下，哆哆嗦嗦。就让他们这样吧，我要去看年轻的费丁南了——他们还以为他淹死了呢。——还有他热爱而我最亲爱的女儿。（从上方隐退。）

龚查罗　我要用什么神圣的名义，主公，来问你为什么要站得这样目瞪口呆呢？

亚龙佐　啊，真是神奇，真是神奇；我仿佛听见海浪说话了，海浪会说话，海风会唱歌，还有咆哮的雷声——像深沉而恐怖的风琴——低声诉说我陷害普罗贝的罪过，因此，我的儿子就陷在海底的污泥中了。我要到海底深处去寻找他的踪迹，哪怕是量海尺也量不出的海底，我也要和他一同陷在海里。

塞巴新　如果一次只来一个恶魔，我要和他们整个军团见个高低。

安东略　我愿意当你的副手。

（塞巴新和安东略下。）

龚查罗　他们三个都要拼命挣扎：他们犯了大罪，就像慢性的剧毒发作得晚一样，他们的罪恶也开始攻心了，我请求你们——软硬都是你们的拿手——赶快跟上他们吧。不要让他们再掉入泥坑了。

亚利安　请你们跟着走吧。

（众下。）

第 四 幕

第一场

普罗贝岩洞前

（普罗贝、费丁南、蜜兰达上。）

普罗贝　（对费丁南）如果我处罚你太严格了一点，那么，你得到的报酬却是丰富的补偿，因为我给你的，是我三分之一的生命，是我生存的原因之一。但是，现在我亲手把她献给你了。你所受的劳累不过是对你感情的考验，而你异乎寻常地通过了我对你的考察，老天在上，我才同意把我的无价之宝许配给你啊，费丁南，不要笑我对她的赞美，你自己也会发现我的夸奖并不过分，而是远远落后于实际的。

费丁南　我相信你的确没有言过其实。

普罗贝　那么，作为我的客人，你可以毫无愧色地得到我的宝贝女儿了。不过，你可千万不要操之过急，在举行神圣的婚礼之前，无论如何，不可偷香窃玉；否则，天作之合也不会嘉勉云雨之欢，只会引起不美的遗憾，还有另眼看待的轻视，却不会得到美满的床第之欢，只会引起野草闲花般苟合的批评，还会破坏你们的终身好事。因此，一定要让婚姻女神的圣光照临你们一生的好合啊。

费丁南　我希望过平安的日子，过永远美好的生活。只要有现在的爱情，哪怕是最黑暗的角落也会变成光明幸福的仙境，即使低级的本能使我的荣誉感融化成情欲，使喜庆的节日黯然失色。我迫切等待那一天到来，只会恨太阳神的骏马跛了脚，跑得不快，黑夜怎么没完没了锁在地牢里，不让位给黎明。

普罗贝　说得好，那就坐下来和她谈谈吧。她就是你的人了。

（费丁南与蜜兰达坐下密谈。）

来吧，爱丽儿，我得力的助手，来吧！

（爱丽儿上。）

爱丽儿　我万能的主子，有什么吩咐？我来听命了。

普罗贝　你和你的伙伴们刚才任务完成得很好，我还要你们来施展一场妙计，快去把小精灵叫来，我要让年轻的情人被我巧妙的手法迷惑得眼花缭乱。好事我已经答应他们了，也希望他们能心满意足啊。

爱丽儿　就是现在吗？

普罗贝　对，一转眼的工夫。

爱丽儿　不等你说完“来”或“去”，不等你说两遍“好啰”，每个小精灵都会踮着脚，扮鬼脸，嘟着嘴，你爱要他们做什么，他们就会做什么。主子，这样不好吗？

普罗贝　好极了，我小心细致的爱丽儿，不过，我不叫你，你就不要过来。

爱丽儿　好的，我知道了。（下。）

普罗贝　（对费丁南）听，你要规规矩矩，不要打情骂俏，放纵自己，不要热血沸腾，赌咒发誓，但说话要算数，否则，发誓有什么用？

费丁南　请你放心，纯洁如雪的心灵早已压制了情欲的烈火。

普罗贝　那好，现在来吧，我亲爱的爱丽儿，要小精灵都来。一个也不要少，要他们不必张嘴，只用眼睛表情，不用嘴巴说话。

（伊丽丝在乐声中上。）

伊丽丝　塞里斯，丰收的女神，你的山头
已经长满了大麦、小麦、燕麦、豌豆。
牛羊正在绿油油的山上
把肚皮喂饱，把身体喂胖。
四面都有壕沟，或是篱笆。
四月的风雨留下了鲜花，
给冷若冰霜的仙女编成花冠，
仙影也可安慰孤寂的单身汉，
他们被钟爱的女郎抛弃，
如枯树秃枝无立足之地，
又如荒凉无人的岩石海岸，
终日听着凄风苦雨的呼唤。
我是仙后脚下的五色彩虹，
要你们去接受仙后的恩宠。

（仙后车驾从天而降。）

快快来到这块绿草地上，
看仙后的孔雀展翅飞翔。
丰富多彩的塞里斯，快来观赏！

塞里斯　你好，多么美丽的信使，
仙后是你百依百顺的主子；
你橘红的翅膀洒下的甘霖
使我的花朵焕然一新。
你像天色一样灿烂的长虹
俯视万里高山，有如爱神的长弓。
你是环绕天地的围巾。
仙后传呼，我当洗耳恭听。

伊丽丝　仙后要祝贺真心实意的爱情，
并且赠给情人辉煌的礼品。

塞里斯　告诉我，你是仙后的长弓，
爱神母子是不是仙后的随从？
既然他们设法让地狱之王
成为我女儿的新郎，
我对他可不能上当。

伊丽丝　不必担心，我见到他们母子两个

坐着鸽车，冲云破雾，来到爱河。
他们想要新郎浪漫对待新娘，
但是新人发誓：婚前决不同床。
战神之子、爱神也折断了弓箭，
赌咒发誓，再也不穿针引线，
只是射射麻雀。

（仙后珠萝驾到。）

珠　萝　我慷慨多情的妹妹来了没有？
我要她同去祝福新人：手挽手
一直走到生命的尽头。
（唱）荣誉财富，是对新婚的祝福。
越向前走，越有光明的前途。
每个小时，都要快快活活。
珠萝为你们唱出了祝福之歌。

塞里斯　土地增产收获多，
大小仓库没空过。
葡萄成串挂枝头，
果实压得树弯腰。
春天要从远方到，
接上秋收多么好。

没有歉收没辛苦，

塞里斯只送幸福。

费丁南　这是丰收的愿景，听得令人着迷。我可以大胆问问这些精灵吗？

普罗贝　精灵是我用法术召唤来实现想象的。

费丁南　我愿意永远在这里生活，有这么一位智慧超群、创造奇迹的岳父，使这个海岛成为人间的乐园了。

普罗贝　亲爱的，别说了。珠萝和塞里斯在谈正经事，恐怕有什么事要做吧。嘘！不要作声，免得法术失灵。

（珠萝和塞里斯低声密谈，要伊丽丝去完成什么事。）

伊丽丝　你们这些弯曲流水的仙女，

戴上你们用岸边绿草编成的花冠，

露出与人为善的容貌，

离开你们清脆悦耳的潺潺流水，

到这片清脆碧绿的草地上来，

响应仙后珠萝对你们的号召。

来吧，和蔼可亲的水仙女，

来参加一对真正情人的结合，
千万不要错过这难得的机会！
（众精灵扮仙女上。）
你们给八月骄阳晒得面黄肌黑，
农夫啊，快从田沟里来祝贺情人节；
戴上草帽，和娇艳的农村仙女跳舞吧！
（收割庄稼的农夫上，和水仙女跳欢乐的舞蹈。）

普罗贝　（旁白）我忘了卡力班这畜生和他同伙要暗害我的阴谋；现在快到他们要实现计划的时刻了。那就来吧！——（对精灵）让他们来，这是无可避免的，你们就退场吧。

费丁南　（对蜜兰达）真怪！你父亲生气了。看来他的脾气还很大呢。

蜜兰达　我还从来没见过他像今天这样动怒呢。

普罗贝　孩子，你看起来的确动了感情，仿佛你真被吓倒了；老弟，高兴一点，我们的演出已经结束了。这些演员，我告诉过你，全都是融化在空中的精灵，都是幻影。戴着云冠的高塔，华丽的宫殿，庄严的寺院，甚至地球本身，地球上的一切，都会烟消云散，留不下一点痕迹。我们生活中的一切都是梦幻。老弟，我很烦恼，要忍受自己的软弱。我的头脑混乱。不要受我的影响。如果你们愿意，就到我的岩洞中去歇歇吧。我要去转一两圈，让激动的心情沉静下来。

费丁南、蜜兰达　我们祝愿你能安静下来。

（费丁南、蜜兰达下。爱丽儿上。）

普罗贝　我想到你，就要谢谢你，爱丽儿，来吧！

爱丽儿　你一想到我，我就来听令了。

普罗贝　精灵，你要准备好去找卡力班。

爱丽儿　啊，主子，我演塞里斯的时候，就想到这一点了。不过我不敢告诉你，怕惹你生气。

普罗贝　再说一遍：你看见这些坏蛋在什么地方？

爱丽儿　我要禀告主子，他们醉得脸红耳赤，胆大包天，对天摩拳擦掌，口吐狂言，踢腿顿脚，但却不忘他们的狠心肠。我一敲起战鼓，他们就像没有上过战场的野马一样，竖起耳朵，睁开眼皮，张大鼻孔，仿佛要闻闻音乐的气味；我就迷惑他们的耳朵，让他们紧跟着牛吼，走入多刺的荆棘迷途，刺痛他们的小腿，最后，把他们留在远离你的岩洞之外的一摊臭水之中，他们却在那里手舞足蹈呢。

普罗贝　干得好，我的小鸟，你还要保留你的仙影，穿上迷人眼目的仙衣，使这些落网的坏蛋脱不了身。

爱丽儿　好的，我去了。（下。）

普罗贝　魔鬼，生来就是魔鬼，天性怎么也改不了，我白费力气，想把他教养成一个人，我尽了力，但是完全白费力气。年纪越大，外貌越丑，心灵也越狠毒。我要叫他们个个倒霉，叫苦连天。来吧，用一根绳子把他们吊起来，挂到树上。

（爱丽儿上，衣着光辉灿烂。）

（卡力班、特法罗、灵酒罗上，全身湿透。）

卡力班　请你们脚步放轻点，不要把瞎子吵醒。我们已经接近他的岩洞了。

特法罗　坏家伙，你说你的精灵不做坏事，难道是在和我们恶作剧吗？

灵酒罗　坏家伙，我闻到马尿味了，我的鼻子最怕这种气味。

特法罗　我也一样。坏家伙，听见没有？如果我讨厌你，那你就得当心了。

灵酒罗　你是个没人要的坏家伙。

卡力班　我的好主子，不要说坏话，请耐心听我讲，我给你们带来的礼物会弥补损失的，因此说话要低声点。现在，一切要静得像深夜似的。

灵酒罗　啊，我的酒瓶都掉到尿坑里去了！

特法罗　那不但是不好看，坏家伙，还更是不好闻呀！

灵酒罗　对我说来，比人掉进尿坑还糟，坏家伙，这是你的精灵干的好事吗？

特法罗　我要去把酒瓶捞起来，耳朵灌尿也不在乎。

卡力班　你要做王爷，就不要说话。你已经到了洞口，不要出声，赶快进去，干完这玩意儿就可以在岛上称王称霸，我也成了永远为你舔脚丫子的卡力班了。

特法罗　拿手过来，我开始闻到血腥味了。

灵酒罗　啊，特法罗王爷，啊，霸王爷，瞧！（看衣服。）你有多少王服啊！

卡力班　傻瓜，衣服算得了什么？不过是野草烂泥而已。

灵酒罗　啊，坏家伙，二手货的衣服算不了什么。（穿上长袍。）不过特法罗王爷的——

特法罗　脱下这件王袍，灵酒罗，我举手发誓，那是我的。

灵酒罗　王袍当然要由王爷穿啦。

卡力班　傻瓜要得传染病了。你怎么这样喜欢这些破衣烂衫呀？快快放下，先干掉人才要紧呀！如果他醒了，从头到脚，我们都要被他捏得遍体鳞伤、奇形怪状的。

特法罗　不要多嘴，坏家伙！——[①]

……

卡力班　我什么衣服也不要！我们这是浪费时间，快要变成笨鹅傻猴了。

特法罗　坏家伙，快把这些王服放到我的宝贝酒桶那儿去，否则，我要把你赶出我的王国。快去搬吧！

---

① 译注：下删八行。

灵酒罗　还有这件衣服。

特法罗　还有这件。

（他们把衣服堆在卡力班身上。）

（猎人号角声。众精灵扮猎狗上，普罗贝与爱丽儿放狗追赶三人。）

普罗贝　追呀，高山，追呀！

爱丽儿　银子，猎物这边去了，快追！

（猎狗把卡力班、特法罗、灵酒罗赶走。）

普罗贝　狂吠犬，追这家伙；霸王狗，追那一个！喊起来！（对爱丽儿）去要我的精灵咬得他们关节抽筋，浑身发抖，咬断他们的筋骨，咬得他们像老年人一样抽筋，捏得他们遍体鳞伤，伤痕累累，像豹皮和山猫身上的斑点一样。

爱丽儿　听，他们号啕奔跑了。

普罗贝　逼得他们死里逃生。此刻要让我的仇家都在我的掌握之中。你可以先呼吸一下自由的空气。追吧，尽力追吧！

（众下。）

第五幕

第一场

普罗贝岩洞前

（普罗贝穿法衣上，爱丽儿随上。）

普罗贝　现在，我的计划开花结果了。我的法术没有失灵，我的精灵也都听命，时间的车轮也按部就班，完成任务。现在是什么时间了？

爱丽儿　现在六点钟了，主子。你说过我们要在六点以前完成任务的。

普罗贝　我当初兴起风暴的时候，是说过这话的。我的好精灵，告诉我：国王和他的手下人怎么样啦？

爱丽儿　他们都困守在一起，就像你离开他们的时候那样；主子，所有的罪人都在护佑你岩洞的菩提林中困守在一起，不得动弹，等候你的吩咐。国王、他的弟弟和你的弟弟，三个人都心慌意乱，其他人等也都无能为力，和他们一样垂头丧气。不过，主子，主要是你夸赞为好大臣的龚查罗，他的眼泪流湿了他的胡须，就像茅草屋顶上挂下来的冰凌一样。你的法术起了这么大的作用，你自己看了也会起怜悯之心的。

普罗贝　你看是这样吗，小鬼？

爱丽儿　假如我是人，我想，我是会动情的。

普罗贝　你只是个空中精灵，还有这种情绪，能和他们有一样尖锐的感觉，我是他们的同类，比你更能受到感动，虽然他们高度伤害了我，但我高尚的理性不让我发泄愤怒：以德报怨是更难得的理性。只要他们悔过自新，我就不会再对他们露出愁眉苦脸。去，爱丽儿，放过他们吧！我会停止行使我的法术，恢复他们的感觉，使他们行动如常的。

爱丽儿　我去把他们带来见主子。（下。）

普罗贝　山妖水怪，湖上林中，沙上水中，无影无踪的精灵，去赶走随波逐流、随浪退潮的海神，不让她再兴风作浪，月下生辉，淹没绿茵上牛羊不吃的酸草，夜深人静时长出蘑菇。你们有如夜半的钟声——虽然软弱无力——我却能用你们，使如日中天昏暗无光，在碧海蓝天之间兴风作浪，发生呼天抢地的战斗，使霹雳的雷鸣吐出火焰，劈开天神的巨树。我只要一声令下，可以使天涯海角震惊发抖，我可拔起苍松翠柏；一声令下，还可使坟墓吐出长眠人。但是现在，我一闻仙乐——真是振聋发聩——就不屑再用魔法了。我要结束使命，使空气失去魔力，我要折断魔杖、埋入地心，使它永无出头之日。我要把魔法书沉入万丈深渊，永不再世。

（在庄严的音乐声中，爱丽儿领亚龙佐上。亚龙佐如醉如痴，由龚查罗陪上。同样醉痴的塞巴新、安东略二人由亚利安、方西科陪上。亚龙佐等进入普罗贝所划出的地区。）

普罗贝　（对亚龙佐）认真思考就能纠正胡思乱想，

医治你的头脑发热。——（对塞巴新、安东略）我的法术使你们不能行动。——（对龚查罗）好一个正直的龚查罗，我的眼睛和你的一交流，也就流下了同情的泪珠。——（旁白）魔法快要不起作用了。黎明悄悄取代了夜色，开始赶走融化了的黑暗感觉，以及笼罩着清醒理智的迷雾。——好一个龚查罗，我真正的保护人、忠实的好朋友，你追随的是你的主子。回到故国，我会用言行来报答你的恩情。——亚龙佐，你对我和我的女儿未免太不公平，而你的弟弟对你比对我更进一步。——塞巴新，你也落网了。——（对安东略）你虽然是我的骨肉兄弟，但野心却赶走了你的天性和良心。你同塞巴新——他内心更紧张——要杀害国君。虽然你缺少人性，我也原谅你了。他们的理智开始涌现；慢慢会到达理性的彼岸，虽然现在还是一片污泥浊水。他们没有一个认出我来。——爱丽儿，快去我的岩洞，把我的冠冕佩剑拿来。我要换上以前的米兰公爵的服装。好精灵，快去吧！你很快就要得到自由了。

（爱丽儿下，又上，帮普罗贝戴上公爵冠冕，佩上宝剑。）

爱丽儿 （唱）蜜蜂要采蜜，我也要采集

美丽的金铃花，好好休息。

我要躺着听猫头鹰诉苦，

还要看飞来飞去的蝙蝠，

快乐地度过这一个夏天，

快乐得每一天都像神仙。

瞧！树枝上的花多么鲜艳！

普罗贝 这是我玲珑的爱丽儿，你要自由自在地离开我了。我可要多么想念你啊。好，也只能如此了。既然你还是来无影、去无踪的精灵，那就到国王的船上去一趟吧。你会看见水手还在船舱口睡着，只有船长和舵手还清醒，你去要他们到这里来。马上就去，快去快来。

爱丽儿 我喝完了面前的空气就去，不等你的心跳两下，我就会回来了。（下。）

龚查罗 所有的麻烦痛苦、稀奇古怪的事情都发生在这里了；请天上的神力带我们走出这可怕的地方吧。

普罗贝　瞧，国王大人，受到迫害的米兰公爵普罗贝在尊前了。为了证明和你说话的是活生生的米兰公爵，让我拥抱你吧，并且让我对你的伙伴也一起致以衷心的祝贺。

亚龙佐　不管你是不是普罗贝，或是自己受了骗又要骗别人——我最近就受了骗——既然你的脉搏和血肉之躯的常人一样，我一见你，心灵的痛苦就减少了。我怕这不是真的，真是稀奇古怪：你的公国我归还你，并且请你原谅我的错误。不过，普罗贝怎能还活着，还在这里呢？

普罗贝　（对龚查罗）首先，贵人，让我拥抱高年的老臣吧。你对人的无限温情真是难以比拟。

龚查罗　我不能发誓说这是事实还是假象。

普罗贝　你们不能了解这岛上的奇闻怪事，所以连真情实况也难以相信了。欢迎，朋友们——（对塞巴新、安东略旁白）对你们这一对大人物，如果我有意揭发你们叛变的阴谋，可以使你们的主上大发雷霆之怒，不过我暂时还不揭发你们。

塞巴新　（对安东略旁白）魔鬼借他的身子说话了。

普罗贝　（听到旁白。）不对。（对安东略）至于你呢，最恶毒的兄弟，和你称兄道弟真会污染我的口舌，但我还是饶恕了你这恶毒的罪行——我赦免了一切——只是从你手中夺回我的公国也就算了。其实，我知道你已经是无法抗拒的。

亚龙佐　如果你是普罗贝，请告诉我们：你是如何死里逃生，又怎么在这里见到我们的？三个小时以前，我们才在这个海岸遇难，并且失去了——我一想起来都会心痛——我亲爱的王子费丁南。

普罗贝　我也一样难过，大人。

亚龙佐　损失无法弥补，忍耐也超过了限度。

普罗贝　我看你还是应该寻求耐心的帮助。在我看来，这样的损失只要你有耐心，并不是不可挽回的。

亚龙佐　你也有同样的损失吗？

普罗贝　和你的损失一样，时间也是近来，而我摆脱困境的办法还远不如你寻求安慰的可能性大呢。我也失去过一个女儿啊。

亚龙佐　一个女儿？天呀！他们两个都是在那不勒斯长大的，那就可能会成国王和王后了。我真希望他们成王成后，还希望自己只是浑水摸鱼，但我儿子却已落入浑水的万丈深渊了。你是什么时候失去女儿的？

普罗贝　就是在这次风暴中，我看见王公大臣为此大惊小怪，甚至失去理智，以为他们眼见的都是事实，他们的言语不过是自然的呼吸。但是不管你们感觉如何，你们一定要相信我是普罗贝，就是被你们赶出米兰的公爵，但是说也奇怪，他却早已来到你们出事的这个海岛，并且成了岛上的主人。不仅如此，这不是早餐时的闲言碎语，也不是一见如故的叙旧谈心，而是有案可查的记录。欢迎来到我的岩洞，我有一些从未离岛的当地侍从，请你们看看，既然你们还我一个公国，我就回报一个奇迹吧。

（普罗贝发现费丁南和蜜兰达在下棋。）

蜜兰达　亲爱的主子，你骗我了。

费丁南　不，我最亲爱的情人，即使把全世界给我，我也不肯辜负我的情人！

蜜兰达　不错，但是为了几个王国，你就会去打仗，而我也会觉得这是合理的。

亚龙佐　如果这是这个海岛的前景，那我就第二次失去我的爱子了。

塞巴新　真是奇迹。

费丁南　虽然大海带来过死亡的危险，但海还是宽宏大量的。我错怪海水了。（跪下。）

亚龙佐　一个欢乐的父亲能给多少祝福，这里就有多少。起来吧，告诉我你是怎样脱险到这里来的。

蜜兰达　啊，真是奇迹！怎么这里会有这么多的好人！人类是多美啊！有这么多好人的世界是一个多么光辉灿烂的新世界。

普罗贝　对你而言，这是个新世界了。

亚龙佐　（对费丁南）和你玩文字游戏的小姐是个什么人呀？你的新相知最多也不过只认识了三

个小时。难道她是拆散了我们又使我们重逢的小神仙？

费丁南　父王，她是一个凡人，但不朽的神明把她许配给我了，我还来不及征求父王的同意，甚至那时我还不知道父王的生死呢。她是著名的米兰公爵的女儿，虽然他父亲的声名远扬，但我以前还不曾亲眼看见过这位名人。但他现在给了我第二次生命，这位小姐使他成为我的第二个父亲了。

亚龙佐　我也是小姐的父亲，不过，啊，听起来真奇怪，我不得不要求我的孩子原谅了。

普罗贝　大人，不要说了，不要让我们记忆已成过去的痛苦。

龚查罗　我的内心在哭泣，否则，早就应该说出话来。天神呀，你们应该下凡来看，并且把祝福的王冠加在这一对青年头上吧。因为这都是你们规划的啊。

亚龙佐　龚查罗，我也要说你同样的话了。

龚查罗　难道米兰公爵被驱逐出米兰是因为他的后裔要成为那不勒斯的王后吗？啊，这可是不同寻常的欢乐，要用黄金来点缀画栋雕梁的啊。在一次旅行中，克拉丽公主在突尼斯找到了夫君，而她的兄弟费丁南又在他失踪的地方找到了终身伴侣，普罗贝在一个荒凉的海岛上恢复了他的公国，我们大家都在丧魂失魄的时候恢复了自我。

亚龙佐　（对费丁南）把手伸过来，那些不希望你们幸福的人，让悲哀痛苦占据他们的心灵吧！

龚查罗　但愿如此，阿门！

（爱丽儿领惊愕的船长、舵手及众水手上。）

啊，瞧，老兄，瞧，老兄！我们人更多了。

（对舵手）我说过，只要世上还有绞刑吊架，你这家伙就会吊死，不会淹死。现在，怎么你在船上还赌咒发誓，到了岸上却哑口无言了？有什么消息吗？

舵　手　最好的消息是国王和大臣都安全脱险了。其次，我们的船在三小时前还说是开了裂，现在却安然无恙，和我们出海时完全一样了。

爱丽儿　（对普罗贝旁白）主子，这是我去干的事。

普罗贝　（对爱丽儿旁白）好个聪明伶俐的小精灵！

亚龙佐　这事莫名其妙，真是越想越糊涂。说，你们是怎么搞的？

舵　手　主公，如果你以为那时我们是瞪眼醒着的，当然我们会尽量禀告事实。但是我们那时都睡得像死人一样。——我们也不知道怎么搞的——大家都关在舱里了——即使现在，我们还仿佛听得见稀奇古怪、乱七八糟的呼喊声、哭叫声、咆哮声、锁链的当啷声、无奇不有的怪腔怪调，叫人吓得胆战心惊，把我们立刻吵醒了，马上全副武装回到舱面，清清楚楚看到了我们华丽的王家大船，还有我们的主公。我们一见就跳了起来，高兴得手舞足蹈，你们信也不信？我们做梦似的离开了他们，目瞪口呆地到这里来了。

爱丽儿　（对普罗贝旁白）干得好不好？

普罗贝　（对爱丽儿旁白）好极了，我得力的助手，你就要得到自由了。

亚龙佐　这是个无人涉足的迷宫、超越自然的现象、人力造不出的奇迹、彻底改变我们观感的神话。

普罗贝　主上，不要让这些稀奇古怪的事情迷惑了你的心灵。到了时间——很快就要到了——我会让你明白为什么会发生这些意外的事情。在那以前，兴高采烈地对待一切吧。——（对爱丽儿旁白）来吧，小精灵，把卡力班和他两个伙伴放出来，不要再用魔法困住他们了。（爱丽儿下。）——

（对亚龙佐）高贵的主上怎么样了？还有几个你忘记了的伙伴干了好事呢！

（爱丽儿赶卡力班、特法罗、灵酒罗穿着偷来的衣服上。）

特法罗　每个人的命运都是变化多端的，所以不要只顾自己了。鼓起勇气来，小怪物，鼓起勇气来！

灵酒罗　只要我的头上还有眼睛，这里就有好戏可看了。

卡力班　啊，天神呀，这些人真好看！我的主子多神气啊！我怕他要惩罚我了。

塞巴新　哈哈！安东略大人，这是些什么玩意儿？有钱买得到吗？

安东略　很可能买得到。他们中间有一个活像一条干鱼，没有问题，市场上有卖的。

普罗贝　只要看看这三个家伙的穿着打扮，就可以说得出他们是不是好人。这个稀奇古怪的家伙，他的妈是一个巫婆，懂得一些歪门邪道，能够管到月亮上的潮汐，她发号施令，已经远远超过她的能力了。这三个家伙想要抢占我的海岛，这个半人半鬼——他是一个杂种——和他们两个醉鬼阴谋夺取我的性命。这两个是你的手下人，你一定认识；这个黑心的杂种，我得承认他是我的下人。

卡力班　这下可要把我折磨死了。

亚龙佐　这不是我醉醺醺的厨师特法罗吗？

塞巴新　他现在还醉得昏头颠脑，是哪里搞来的酒啊？

亚龙佐　（对灵酒罗）灵酒罗也醉得跌跌撞撞了。他们是哪里搞来的酒？还喝得满脸通红呢！

灵酒罗　上次见面后，我就醉得酒气冲天，连苍蝇都不下来到我身上产卵了。

塞巴新　怎么啦，特法罗？

特法罗　不要碰我，我不是特法罗，只是一条糊涂虫。

普罗贝　你不是要在岛上称王称霸吗，老兄？

特法罗　只是一个倒霉的王八。

亚龙佐　（指卡力班。）这是我从没见过的怪物。

普罗贝　他的内心和外表一样丑恶。去吧，老兄，到我的岩洞里去，带上你的两个伙伴。如果你们想得到我的宽恕，那就好好整理一番吧。

卡力班　我当然愿意。从此以后，我都会听话，求得你的宽大处理。我把这个酒鬼当作活神仙，还把那个傻瓜当作聪明人，真是愚蠢透顶了！

普罗贝　去吧，别多说了！

亚龙佐　把你们穿的戴的，都放到原来的地方。

塞巴新　哪里偷来的，放回哪里去。

（卡力班、特法罗、灵酒罗下。）

普罗贝　主公，我请你和你的随从到我的陋室里去休息一夜，我会对你们谈谈往事，从我来到岛上出了什么新鲜事谈起，可以消磨时间。明天早上，我会陪同你们回到船上，再回那不勒斯。我希望看到我们亲爱的下一代举行神圣的婚礼，然后回到我的米兰去，那是我最后的养身之地了。

亚龙佐　我也正想听听你这一生的经历，那一定是人们的耳朵闻所未闻的。

普罗贝　我会把一切都告诉你们，并且给你们的归途准备了平静的海洋和一路的顺风，使你们可以赶上已经走得很远的王家船队。——（对爱丽儿）亲爱的爱丽儿，我的小乖乖，这是我要你做的最后一件事。然后，你就可以回到自由的天空中去，恢复你的本来面目了。再见吧。——请大家跟我来。

（众下。）

普罗贝闭幕词

普罗贝　现在我的法术没有用场，

剩下的只靠自己的力量。

一切要靠观众眼明心亮，

对我们是批评还是表扬。

别送我去那不勒斯生活，

我在米兰有自己的公国。

我原谅了欺骗我的罪人，
他们不让我在荒岛安生。
但是如果你们鼓掌欢迎，
我也就愿意从荒岛脱身。
欢呼吹动了我们的帆船，
同时也了却我们的心愿。
我们的精神要更加坚强，
艺术更需要迷人的力量。
只要结果不是大失所望，
祈祷就能沟通人世天堂。
你一开口，就能化哭为笑，
只要同情，错误就原谅了。
既然错误能够得到原谅，
我们多么希望得到欣赏。
（等待鼓掌欢迎。）
（下。）

译后记

《风暴》是莎士比亚独立创作的最后一部戏剧。英国评论家哈兹利特（Hazlitt）对这个剧本的评价很高。他在评论中说：莎士比亚是全世界有史以来最伟大的天才，他能控制读者和观众的笑声和眼泪。他对现实世界和想象世界都有深入的理解，能写出人物的真实思想、感情、言语、行动，和真实人物几乎完全一致。但是有些评论家却不同意。

《莎士比亚戏剧图说》中说：《风暴》"表现了人们普遍相信巫术，大众为发现新大陆而兴奋，而且群众反对篡位者颠覆政权"。那说的是四百年前的事，到了今天，《风暴》主角相信的法术恐怕很难有人相信。1492年哥伦布发现新大陆的确令人兴奋，但是发现《风暴》中的荒岛会引起同样的兴奋吗？最后，群众反对篡位者，但是国王的弟弟在企图篡位之前的言行像个篡位者吗？米兰公爵的弟弟在篡位之后却又得到兄长的原谅，只能说是“以理胜情”了。也许莎士比亚的成功之处，正是用现实主义的手法写浪漫主义的内容，使浪漫主义也成为现实主义了。

2018年3月